Paul Dhoste

Des tumeurs des lèvres et en particulier de l'hypertrophie

Congénitale ou acquise. Thèse

Antigonos

Paul Dhoste

Des tumeurs des lèvres et en particulier de l'hypertrophie

Congénitale ou acquise. Thèse

Réimpression inchangée de l'édition originale de 1879.

1ère édition 2024 | ISBN: 978-3-38812-547-3

Antigonos Verlag est une marque de Outlook Verlagsgesellschaft mbH.

Verlag (Éditeur): Outlook Verlag GmbH, Zeilweg 44, 60439 Frankfurt, Deutschland, info@outlook-verlag.de
Vertretungsberechtigt (Représentant autorisé): E. Roepke, Zeilweg 44, 60439 Frankfurt, Deutschland
Druck (Imprimerie): Libri Plureos GmbH, Friedensallee 273, 22763 Hamburg, Deutschland

A MES PARENTS

A MES AMIS

A MES MAITRES

A M. LE DOCTEUR DUPLOUY

Médecin en chef de la marine,
Professeur de clinique chirurgicale à l'Ecole de médecine navale
de Rochefort,
Membre correspondant de la Société de chirurgie,
Officier de la Légion d'honneur,
Officier de l'instruction publique.

A M. LE DOCTEUR GUYON

Professeur de pathologie chirurgicale à la Faculté de médecine
de Paris,
Chirurgien de l'hôpital Necker,
Membre de la Société de chirurgie,
Chevalier de la Légion d'honneur.

Année 1879 — **THÈSE** — N° 321

POUR

LE DOCTORAT EN MÉDECINE

Présentée et soutenue le 11 juillet 1879, à 1 heure.

PAR DHOSTE (PAUL)

Né à Rochefort (Charente-Inférieure) le 10 juin 1850.
Médecin de deuxième classe de la marine.

DES TUMEURS DES LÈVRES

ET EN PARTICULIER

DE L'HYPERTROPHIE CONGÉNITALE OU ACQUISE

Président : M. GUYON, *professeur.*
Juges : MM. { POTAIN, *professeur.*
{ POZZI, BERGERON, *agrégés.*

*Le Candidat répondra aux questions qui lui seront faites sur les diverses
parties de l'enseignement médical.*

PARIS

A. PARENT, IMPRIMEUR DE LA FACULTÉ DE MÉDECINE DE PARIS.
21, RUE MONSIEUR-LE-PRINCE, 21.

1879

FACULTÉ DE MÉDECINE DE PARIS

Doyen...................... M. VULPIAN.
Professeurs................... MM.

Anatomie......................... SAPPEY.
Physiologie....................... BECLARD.
Physique médicale................. GAVARRET.
Chimie organique et chimie minérale..... WURTZ.
Histoire naturelle médicale............ BAILLON.
Pathologe et thérapeutique générales..... BOUCHARD.

Patbolog médicale................ { JACCOUD.
                                    { PETER.

Pathologie chirurgicale............ { TRÉLAT.
                                    { GUYON.

Anatomie pathologique............. CHARCOT.
Histologie........................ ROBIN.
Opérations et appareils............ LE FORT.
Pharmacologie..................... REGNAULD.
Thérapeutique et matière médicale...... HAYEM,
Hygiène........................... BOUCHARDAT.
Médecine légale................... BROUARDEL.
Accouchements, maladies des femmes en couche
    et des enfants nouveau-nés......... PAJOT.
Histoire de la médecine et de chlrurgie..... LABOULBÈNE.
Pathologie comparée et expérimentale...... VULPIAN.

Clinique médicale................. { SEE (G.)
                                   { LASEGUE.
                                   { HARDY.
                                   { POTAIN

Maladies des enfants.............. PARROT.
Clinique de pathologie mentale et des maladie
    de l'encéphale................. BALL

Clinique chirurgicale............. { RICHET.
                                   { GOSSELIN.
                                   { BROCA.
                                   { VERNEUIL.

Clinique ophthalmologique.......... PANAS
linique d'accouchements........... DEPAUL.

DOYEN HONORAIRE : M. WURTZ
Professeurs honnoraires :
MM. BOUILLAUD, le baron J, CLOQUET et DUMAS.

Agrégés en exercice.

MM	MM.	MM.	MM.
ANGER.	DELENS.	HAYEM,	PINARD,
BERGER.	DIEULAFOY,	HENNINGER.	POZZI.
BERGERON.	DUGUET.	HUMBERT.	RENDU.
BOUCHARD.	DUVAL.	DE LANESSAN.	RICHET.
BOUCHARDAT.	FARABEUF.	LANCEREAUX.	RICHELOT.
BOURGOIN.	FERNET.	LEGROUX.	RIGAL
CADIAT	GAY.	MARCHAND.	STRAUS.
CHANTREUIL.	GRANCHER,	MONOD.	TERRIER.
CHARPENTIER.	HALLOPEAU.	OLLIVIER.	TERRILLON.
DEBOVE.			

Agrégés libres chargés des cours complémentaires

Cours clinique des maladies de la peau.......... MM. N.
...   des maladies des enfants.......... N.
--   d'ophthalmologie.............. N.
             des maladies des voies urinaires.. N.
...   des maladies syphilitiques .... N.
Chef des travaux anatomiques................. FARABEUF.

Secretaire de la Faculté : A. PINET.

DES

TUMEURS DES LÈVRES

ET EN PARTICULIER

DE L'HYPERTROPHIE CONGÉNITALE OU ACQUISE

Il y a quelques années, M. le Dr Blot avait soumis à l'examen de ses collègues de la Société de chirurgie un jeune enfant atteint d'une hypertrophie énorme de la lèvre supérieure. (Bulletins de la Société de chirurgie 1873, 3e série, t. II, p. 332.)

Nous avions remarqué, en lisant le compte-rendu, qu'un certain nombre de chirurgiens présents à cette séance ne connaissaient aucun cas analogue à celui qu'on leur présentait, et, de plus, nous avions été frappé de la divergence de leur opinion relativement au traitement; sur six seulement qui avaient formulé leur avis, trois pensaient qu'il était sage d'attendre, trois estimaient qu'il convenait d'agir, encore n'étaient-ils pas d'accord sur le choix du procédé opératoire.

Nous n'avions pas oublié ce fait, quand il y a quelques semaines M. le professeur Duplouy opéra devant nous un homme qu'il avait déjà opéré au mois d'août 1878, et qui était atteint à cette époque d'une hypertrophie considérable de la lèvre inférieure.

Ce cas nous ayant paru intéressant et par son analogie avec celui de M. Blot et par sa rareté, les deux opérations pratiquées ayant donné d'ailleurs un résultat remarquable, nous avons résolu d'en faire le sujet de notre thèse inaugurale.

Cela nous a été possible grâce au bienveillant appui de M. le professeur Duplouy, qui a bien voulu nous permettre d'utiliser cette observation, et nous tenons à le remercier ici de son obligeance à nous faciliter notre tâche.

Avant d'entrer dans l'étude de l'hypertrophie des lèvres, il nous paraît nécessaire de jeter un rapide coup d'œil sur les diverses tumeurs qui peuvent siéger dans cette région. Nous indiquerons brièvement et leurs causes et les caractères qui pourront servir à les différencier de l'affection que nous allons essayer de décrire.

Notre sujet se divisera donc en deux parties :

Dans la première, nous étudierons succintement les tumeurs des lèvres en général;

La seconde comprendra plus spécialement l'étude de l'hypertrophie congénitale ou acquise.

Tel est le plan de notre travail. Pour être mené à bien, il eût exigé de longues et patientes recherches bibliographiques. Malheureusement le temps nous a manqué pour cela. Aussi notre œuvre est-elle forcément très-imparfaite; nous la soumettons néanmoins à la bienveillante appréciation de nos juges, heureux s'ils veulent bien nous accorder leur indulgence et tenir compte de notre bonne volonté et de notre inexpérience en pareil sujet.

----

bienveillante appréciation de nos juges, heureux s'ils veulent bien nous accorder leur indulgence et tenir compte de notre bonne volonté et de notre inexpérience en pareil sujet.

PREMIÈRE PARTIE.

Les diverses tumeurs connues aujourd'hui sont nombreuses, mais certaines n'ayant jamais été observées aux lèvres, nous les laisserons complétement de côté et nous parlerons seulement de celles déjà étudiées et signalées dans cette région par les différents auteurs. Nous n'entrerons pas dans l'examen de leur nature ou de leur bénignité ou malignité, ce serait sortir de notre cadre, mais nous les décrirons très-succintement, bien que chacune puisse donner lieu à de longues et très-intéressantes considérations.

Notre étude comprendra les adénomes, les sarcomes, les fibromes, les kystes. les tumeurs syphilitiques, les angiomes et le cancer.

Nous dirons d'abord quelques mots d'affections qui ne peuvent être rangées parmi les tumeurs proprement dites, mais qui au nombre de leurs symptômes comptent un caractère commun avec les tumeurs, la tuméfaction. Nous voulons parler des inflammations de la lèvre, et nous signalerons les phlegmons, les abcès, les furoncles et l'anthrax.

a) *Phlegmons et abcès.* — Ordinairement secondaires, c'est-à-dire succédant à des lésions quelconques des lèvres, ils offrent leurs symptômes habituels : douleur, rougeur, chaleur, gonflement, et n'empruntent à la région aucun caractère particulier. Nous noterons

cependant l'engorgement des ganglions sous-maxillaires.

b) *Furoncles et anthrax.* — Ces deux affections, qui
paraissent insignifiantes, sont en réalité extrêmement
graves. Ce fait a été démontré par M. le professeur
Verneuil (*Gazette hebdomadaire.* Anthrax des lèvres,
gravité du pronostic). Cette gravité s'explique, d'après
Reverdin, par la richesse du réseau veineux qui permet
le développement facile et la propagation rapide de la
phlébite, et par la communication de la veine faciale
avec les sinus intra-crâniens. Le même auteur pense
qu'il faut y ajouter le peu d'abondance du tissu cellulaire sous-cutané et intra-musculaire ainsi que la structure serrée de la lèvre, qui ne permettent pas au pus
de fuser vers l'extérieur.

Dans les cas normaux, rien de particulier ; mais dans
certains cas rapidement mortels, on observe , presque
dès le début, un gonflement considérable qui envahit
rapidement la face et le cou. Le malade éprouve une
douleur très-vive, brûlante. Les parties prennent un
aspect violacé. En même temps les veines atteintes de
phlébite se dessinent au milieu de ces tissus épaissis
par l'œdème sous forme de lignes indurées, bleues ou
rouges. Les ganglions sous-maxillaires sont engorgés.

Ces symptômes locaux s'accompagnent de phéno-
mènes généraux graves. La fièvre s'allume, le malade
a de l'insomnie ; il est agité, anxieux, en proie à un
délire bientôt remplacé par le coma, et il succombe.

TUMEURS PROPREMENT DITES.

a) Adénomes. — Les glandes de la muqueuse labiale peuvent en s'hypertrophiant devenir le point de départ de tumeurs connues aujourd'hui sous le nom d'adénomes, et que l'examen microscopique nous apprend être essentiellement constituées par du tissu glandulaire.

Ces adénomes appartiennent à l'espèce appelée adénomes acineux ; ils se présentent sous l'aspect de tumeurs élastiques assez régulières ou lobulées, mobiles et dépourvues d'adhérences. Leur consistance est assez variable ; ils sont quelquefois durs et fermes quand le stroma fibrineux prédomine. Leur volume varie aussi, et d'après MM. Cornil et Ranvier les adénomes purs ne dépassent guère le volume d'une noix. La muqueuse qui les recouvre est rouge, violacée ; leur évolution est lente ; ils sont indolents ou ne provoquent qu'une douleur sourde, ne déterminent pas d'engorgement ganglionnaire, et sont en général bénins, c'es-à-dire qu'ils ne récidivent pas après l'extirpation. Cependant M. le professeur Broca croit que ces adénomes peuvent récidiver et être diffus, envahissants, se comporter en un mot comme des épithéliomes.

b) Sarcomes. — Les sarcomes s'observent rarement aux lèvres ; cependant on en a des exemples. Ils se présentent sous la forme de tumeurs arrondies, bosselées, tantôt molles, élastiques, presque fluctuantes, tantôt très-dures, dont les dimensions n'ont rien de fixe. Au début ces tumeurs sont peu volumineuses, libres d'adhérences et en général indolentes ; en un mot, dans cette première période, elles présentent les caractères des tumeurs bénignes, la santé générale est conservée, les ganglions restent intacts.

Ces caractères persistent quelquefois presque indéfinitivement ; d'autres fois les sarcomes progressent ou très-rapidement ou d'une façon lente et régulière. On les voit alors adhérer à la peau, se ramollir, s'ulcérer, et donner lieu à des hémorrhagies et à un écoulement ichoreux analogue à celui du cancer, bien que rarement aussi abondant et aussi infect. A cette période les ganglions sont engorgés.

La coupe des sarcomes montre une coloration rosée d'ordinaire, quelquefois blanchâtre ou jaunâtre ; la surface est en général absolument sèche.

c) *Fibromes.* On rencontre quelquefois dans l'épaisseur des lèvres des tumeurs arrondies, lobulées, élastiques, bien limitées. Complétement indolentes, elles ont un développement peu rapide. Leur volume est des plus variables, leur consistance aussi ; car si elles présentent le plus souvent une dureté considérable, il en est quelquefois d'aussi molles que le tissu cellulaire sous-cutané.

A la coupe leur texture est serrée, leur couleur jaune, blanchâtre ou rosée, la surface de section sèche et rugueuse.

On trouve donc réunis là les principaux caractères des fibromes et quelques auteurs les décrivent comme tels ; mais pour d'autres l'examen micrographique permettrait de constater qu'il s'agit le plus souvent d'*enchondromes* développés aux dépens des glandules labiales.

d) *Kystes*. Les kystes des lèvres se développent tantôt du côté de la peau, tantôt du côté de la muqueuse.

Les premiers, très-rares, ne diffèrent en rien des kystes sébacés et sont constitués comme eux par des follicules que la matière sébacée, en s'accumulant, a dilatés et considérablement agrandis.

Les kystes sous-muqueux sont plus fréquents. Ils apparaissent sous la muqueuse, sur la face postérieure de la lèvre surtout de l'inférieure. Leur mode de développement est facile à saisir ; il se fait aux dépens des glandules labiales dont l'orifice excréteur est rétréci ou oblitéré.

Leurs symptômes sont les suivants :

Isolés ou multiples, ils se présentent sous forme de petites tumeurs dures, lisses, uniformes. Ils offrent souvent une coloration bleuâtre et sont quelquefois transparents, mais c'est très-rare. Leurs dimensions varient ; en général cependant ils n'atteignent pas un volume considérable. D'ailleurs, quel que soit leur volume, ces tumeurs sont toujours indolentes ; elles ne contractent pas d'adhérences avec la muqueuse, mais sont plus solidement fixées aux parties profondés.

e) *Angiomes*. Les angiomes ou tumeurs érectiles se développement souvent aux lèvres et c'est peut-être là qu'on a le plus fréquemment l'occasion de les observer. La moitié sont congénitaux et constituent à la naissance les *nœvi materni*.

Leur étiologie est assez obscure. Notons cependant que M. Broca pense que l'âge et le sexe peuvent être considérés comme des causes prédisposantes, la grande majorité ayant été observée dans le jeune âge et chez les femmes.

Au début les angiomes se présentent sous forme de taches violacées tantôt circonscrites, tantôt diffuses, laissant voir à travers la transparence de l'épithélium de petits vaisseaux dilatés. Plus tard ce sont de véritables tumeurs qui consistent dans des capillaires de formation nouvelle, présentant des dilatations plus ou moins irrégulières, tantôt étalées dans le réseau sous-muqueux ou sous-cutané, tantôt pénétrant plus profondément et compris dans un stroma fibreux.

M. Broca a remarqué que chez les enfants il y avait prédominance artérielle.

Il est rare cependant que les angiomes des lèvres présentent des pulsations bien marquées. La prédominance veineuse s'observe plus souvent chez l'adulte et le vieillard et ce fait explique les caractères spéciaux de ces tumeurs. Ainsi elles ont une coloration bleuâtre, elles sont molles, dépressibles, avec absence complète de battements. Sous l'influence de certaines causes susceptibles de gêner la circulation veineuse telles que les cris, la colère, les pleurs ou encore des compressions exercées sur les troncs auxquels aboutissent les veines qui émergent des lèvres, il y a accroissement de ces caractères et en même temps on constate une augmentation notable de la tumeur.

La marche des tumeurs érectiles est variable suivant les individus. On a observé qu'elle est très-rapide chez les enfants et beaucoup plus lente chez les adultes et les vieillards. Tous les auteurs cependant s'accordent à dire qu'il est exceptionnel qu'elles restent stationnaires. D'ordinaire le lacis vasculaire s'accroît et entraîne les capillaires voisins dans le sens d'une modification morbide analogue.

Il en résulte une tumeur de plus en plus volumineuse qui peut se terminer de deux façons bien distinctes : ou bien se fendiller, s'ulcérer, ce qui donne naissance à des hémorrhagies plus ou moins sérieuses ; ou bien s'enflammer et aboutir à des productions plastiques se transformant en tissu fibreux cicatriciel et produisant l'oblitération des vaisseaux.

f) *Tumeurs syphilitiques.* Divers observateurs parmi lesquels nous citerons les noms bien connus de Ricord, Nélaton, Vidal, Virchow, Becquerel, etc., ont indiqué ou décrit sous le nom de tumeurs syphilitiques des muscles un cas particulier des manifestatations tertiaires de la syphilis, mais tous ont passé sous silence les tumeurs de cette nature développées dans l'épaisseur des lèvres, et pouvant simuler des affections d'une autre sorte. M. Bouisson (de Montpellier) a constaté assez fréquemment cette affection et l'a décrite dès 1846. Voici les caractères qu'il en donne !

« Cette tumeur affecte de préférence la lèvre inférieure, 6 fois sur 7 cas observés.

« Elle se présente tantôt sous la forme dure et circonscrite appelée *nodus* et occupe soit la couche celluleuse, soit l'épaisseur même de la lèvre ; tantôt elle revêt plus manifestement par sa forme un peu moins limitée et par sa mollesse, au moins pendant une certaine période, le caractère des tumeurs gommeuses proprement dites ou syphilomes. Dans la lèvre, leur volume varie depuis celui d'un pois jusqu'à celui d'une petite noix. Ordinairement arrondie ou ovalaire, participant à la mobilité générale de la lèvre, mais dépourvue de liberté dans le tissu de celle-ci, la tumeur syphilitique est l_e siége d'une douleur obtuse s'exaspérant pendant la nuit Sa consistance demi-molle dans les premiers temps de sa formation se modifie pendant sa marche, tantôt dans le sens de la mollesse et peut arriver jusqu'à la réduction en un liquide d'une grossière ressemblance avec de la gomme ramollie ou avec du pus ; tantôt dans le sens de l'induration et alors elle ressemble aux productions cancéreuses de la région dont on la distingue par son mode d'évolution et par des successions ou des coexistences morbides dont le cancer est exempt ainsi que par une marche régressive inconnue dans le processus cancéreux. »

g) Cancer. Nous arrivons maintenant à l'étude d'une affection très-fréquente aux lèvres et qui est désignée par le nom général de cancer. Cette affection a été depuis longtemps l'objet d'études nombreuses et de recherches fréquentes ; nous n'y insisterons donc pas, nous contentant, comme nous l'avons fait pour les tumeurs que nous venons d'examiner, d'indiquer brièvement ses caractères les plus essentiels.

Presque tous les auteurs sont d'accord pour affirmer qu'il est exceptionnel de rencontrer aux lèvres le carcinome vrai, squirrhe ou encéphaloïde. On y observe, au contraire, très-fréquemment une tumeur de même nature, qui a reçu les noms divers d'*épithélioma* ou épithéliome, *tumeur épithéliale, cancer épithélial, cancroïde,* etc... Nous n'avons pas à rechercher laquelle de ces appellations doit être préférée aux autres et nous les emploierons indistinctement.

L'étiologie de l'épithéliome a préoccupé les écrivains qui l'ont décrite. On a remarqué qu'il était rare avant trente ans, plus fréquent chez l'homme et peut-être dans la classe pauvre, et qu'il siége de préférence à la lèvre inférieure. Les causes toutefois en sont peu connues.

La malpropreté a été signalée par M. Burin (Thèse de Montpellier) comme pouvant avoir une certaine influence sur sa production. On a fait jouer un rôle assez important aux irritations permanentes ou répétées sur un même point de la lèvre, et tout le monde connaît l'exemple cité par Lassus, exemple reproduit partout et devenu pour ainsi dire classique. Les dents gâtées et irrégulières, irritant un même point des lèvres, ont été citées dans le même ordre d'idées, par Rigal (de Gaillac).

M. Bouisson (de Montpellier) fait jouer un rôle très-actif à l'habitude de fumer beaucoup, et appuie son opinion de l'avis d'un certain nombre d'auteurs. Il va même jusqu'à proposer pour cette affection le nom de *cancer des fumeurs*.

Il signale toutefois comme plus particulièrement nuisible l'usage de la pipe à tuyau très-court, appelé vulgairement *brûle-gueule*.

M. le professeur Sappey pense que les gerçures des lèvres ne sont peut-être pas indifférentes, en tant que cause prédisposante.

Enfin il résulte des recherches de M. Heurtaux (Thèse de Paris, 1861) que l'hérédité semble plus sérieuse que les causes locales. Mais les observations sont encore trop peu nombreuses pour qu'on puisse l'affirmer d'une manière positive.

On le voit, les causes ont été multipliées ; mais, ainsi

que nous le disons plus haut, elles sont en définitive peu connues.

Il n'en est pas de même des symptômes qui ont été très-bien décrits par les auteurs cités précédemment et par bien d'autres encore. Notre tâche sera donc de les résumer brièvement.

Il paraît établi que le cancroïde, quelle que soit sa forme primitive, se développe presque toujours sur un des côtés de la lèvre. Nous disons quelle que soit sa forme primitive, car celle-ci est, en effet, variable.

Tantôt il se présente sous l'aspect de papilles hypertrophiées, hypertrophie qui peut être limitée à un point très-circonscrit ou s'étendre plus ou moins loin sur la face cutanée ou muqueuse. C'est là une des formes les plus bénignes de l'affection.

D'autres fois on observe des dépôts squameux, durs, comme cornés, fortement adhérents à leur base. Ces dépôts, constitués par un amas de cellules condensées et desséchées, semblent parfois n'être que l'enveloppe des papilles hypertrophiées, analogues à celles qui bordent le pourtour des ulcères connus sous le nom de mal perforant : MM. Cornil et Ranvier ont appelé ces lésions papillomes cornés. Ils peuvent s'accroître, grandir par juxtaposition de cellules nouvelles. Il n'est pas rare de rencontrer en même temps une ulcération. soit périphérique, soit centrale.

La forme la plus ordinaire de l'épithélioma des lèvres est caractérisée à son début, soit par une excroissance verruqueuse, un tubercule grisâtre ou rosé, recouvert d'une croûte sèche, soit par une fissure qui, loin de se cicatriser, s'étend de plus en plus dans le tissu de la lèvre et s'entoure de bords durs, rugueux, saillants, hyper--

Dhoste.   3

trophiés. La tumeur siége sur le bord libre de la lèvre,
au point d'union de la muqueuse et de la peau. Au début, elle est dure, adhérente par sa base, de couleur grisâtre en général, présentant des bosselures, des éminences, des sillons. L'aspect des papilles hérissées de la
langue peut jusqu'à un certain point en donner une idée.
Elle est le siége de picotements et de démangeaisons
plus ou moins vives qui portent le malade à se gratter
et à tourmenter sans cesse sa lèvre. Il détache ainsi la
petite pellicule qui recouvre la tumeur ; elle se reproduit
d'abord assez facilement ; mais sous l'influence de ces
attouchements répétés, le mal progresse activement, et
après un temps plus ou moins long, la tumeur fait place
à une petite plaie qui n'a aucune tendance à la cicatrisation. Dès lors, la période d'ulcération est constituée.

L'ulcération est d'abord très-superficielle ; elle laisse
suinter un liquide citrin et clair, qui se concrète sous
forme d'une couche gris jaunâtre, parfois colorée en noir
par du sang. Mais l'ulcération fait d'incessants progrès ;
elle s'étend en surface et en profondeur surtout, au point
d'atteindre quelquefois plusieurs centimètres.

L'ulcère est rarement régulier et arrondi ; le plus souvent, au contraire, il est rugueux, déchiqueté, à bords
taillés à pic. Son fond, aussi, est très-irrégulier, tantôt
excavé, tantôt couvert de bourgeons, saignant au moindre contact. Ces bourgeons, d'après MM. Cornil et Ranvier, sont formés par la prolifération du stroma de la
tumeur. Les excavations renferment souvent une matière jaunâtre, pulpeuse, pelotonnée, constituée par des
masses épithéliales.

De toute la surface ulcérée, qui est sanieuse et grisâtre, s'écoule un liquide à odeur fétide. La base de l'ul-

cère est indurée, ses bords sont durs, épais, mamelonnés, couverts de croûtes. Au delà, la peau est sillonnée par une zone vasculaire indiquant la limite entre les parties saines et les parties malades.

La tumeur, et c'est là son caractère essentiel, fait d'incessants progrès, envahissant successivement tous les tissus qui l'environnent, muscles, vaisseaux et même les os. D'après M. Heurtaux, le tissu cellulaire, du moins pour la lèvre inférieure, paraît, entre tous, favorable à l'extension du cancroïde..

Les ganglions sont atteints, mais non toujours; car M. Heurtaux dit n'avoir rencontré l'infection ganglionnaire que 6 fois sur 12 cancroïdes de la lèvre inférieure, et M. Lortet, signalant 181 cas opérés à l'Hôtel-Dieu de Lyon, dit que l'on ne l'a observé que 97 fois.

Postérieurement à l'envahissement des ganglions et à une période tout à fait avancée, survient la cachexie.

Ici se termine la première partie de notre travail : étude succincte des diverses tumeurs des lèvres. Nous allons aborder maintenant la description de l'hypertrophie congénitale ou acquise.

SECONDE PARTIE

L'hypertrophie des lèvres constitue la machrochélie (μαχρος grand ; χειλος lèvre).

Au début de ce travail, nous avons dit que le cas présenté par M. Blot avait été considéré comme tout à fait rare et insolite. Les auteurs, cependant, semblent ne pas être de cet avis, car presque tous admettent que l'hypertrophie des lèvres est une affeetion commune. Il y a là une contradiction apparente que nous expliquerons facilement en faisant l'étiologie de ce vice de conformation.

Deux voies s'offraient à nous pour traiter notre sujet.

Ou bien partir de l'inconnu, envisager l'hypertrophie à un point de vue général et établir des relations entre notre description et les faits observés ;

Ou bien relater d'abord les faits et en tirer des déductions.

C'est ce dernier mode d'examen que nous avons choisi. Il nous a paru, en effet, plus facile et plus méthodique de citer d'abord des faits susceptibles de nous guider dans l'étude de cette affection dont l'histoire est à faire presque toute entière, les auteurs se bornant à la signaler.

Les observations que nous publions sont peu nombreuses, trois seulement. La plus importante est, sans contredit, celle de M. le professeur Dolbeau, auquel nous empruntons, d'ailleurs, la majeure partie de ce qui va suivre (1).

Le cas présenté à la Société de chirurgie avait engagé M. Desprès à faire des recherches bibliographiques, dans lesquelles il n'avait rencontré qu'une observation due à Holmes, et à laquelle M. Duplay avait fait allusion.

Il s'agissait de l'hypertrophie congénitale ; nos recherches propres n'ont donc pas eu à se diriger de ce côté, mais nous avons recherché des observations d'hypertrophie acquise, et nulle part nous n'avons trouvé autre chose que l'indication de cette affection.

Voici l'observation de Holmes :

« G.-H. B***, deux ans et demi, enfant bien nourri, mais peu intelligent, avait un grand épaississement de la lèvre supérieure, qui avait à peu près le double du volume d'une lèvre normale et faisait saillie d'une façon tout à fait singulière. Lorsqu'on presse sur la lèvre ou lorsque l'enfant crie, la tumeur devient d'une couleur plus foncée, mais elle n'augmente pas de volume. Il n'y a pas de pulsations. La tumeur était très-dure ; il fut difficile de faire pénétrer une aiguille dans le tissu de la tumeur, et cette ponction ne donna pas issue à plus que quelques gouttes de sang. Il y avait plusieurs fissures sur la surface muqueuse de la lèvre. La mère n'avait pas les apparences de la scrofule, elle dit qu'elle est sûre que l'état de la lèvre est congénital et l'attribuait à ce que son mari lui avait donné un coup sur la lèvre pendant la grossesse.

« M. Holmes enleva une portion de la lèvre ressemblant à une tranche d'orange, et la plaie fut réunie par suture, ce qui arrêta l'hémorrhagie, laquelle d'ailleurs était légère.

(1) Sur le traitement d'une difformité congénitale de la lèvre supérieure, par M. le professeur Dolbeau et M. le docteur Felizet. Bulletin de thérapeutique médicale et chirurgicale, numéro du 30 novembre 1874.

« La portion de la tumeur enlevée présentait l'aspect du tissu cellulaire le plus condensé. »

Cette observation est en somme très-incomplète et assez peu instructive. Il n'en est pas de même de la suivante (1), que nous reproduisons *in extenso*.

L'enfant M***, 32, rue Laghouat, à la Chapelle (Paris), fut amené à M. le professeur Dolbeau dans les premiers jours du mois de mars 1874, à l'hôpital Beaujon.

C'est un garçon solide et bien nourri. Il ne présente aucun autre vice de conformation, il n'a été sujet à aucune des maladies de la première enfance. L'évolution des quatre incisives qu'il possède (deux supérieures et deux inférieures) s'est faite aussi aisément que possible. Il dort bien, digère facilement et mange avec une voracité que rend choquante l'excessive saillie de sa lèvre supérienre.

La tête est forte et bien conformée, elle appartient au type plutôt brachycéphale ; les yeux sont bien ouverts, expressifs et bien droits.

La ligne du nez est normale.

La sous-cloison est fort courte et paraît refoulée en avant.

La lèvre supérieure est, dans toute son étendue, démesurément agrandie. Le sillon labio-jugal est effacé et remplacé par une faible dépression en dehors de laquelle les joues ont leur apparence naturelle.

Cette lèvre supérieure masque complétement le bord libre de la lèvre inférieure. Cette dernière est normale et le menton n'est ni saillant à l'excès ni effacé.

De profil, la malformation est plus choquante.

L'effacement de la moitié de la sous-cloison est manifeste et la masse de la lèvre fait une saillie oblique, qui dépasse de près de 2 centimètres le bord libre de la lèvre inférieure, ce qui donne à l'ensemble de la physionnomie l'aspect d'un *groin*.

La peau présente une teinte uniforme, qui est celle du reste du

(1) Prise par M. Belon, interne du service de M. Dolbeau.

visage ; aucune coloration bleuâtre ou rosée ; on y remarque seulement un développement prématuré des poils follets de la moustache, développement qui représente à peu près celui d'un enfant de dix ou douze ans.

Le bord libre regarde en bas, la portion muco-cutanée est uniformément vermeille et ne s'accuse, de face, que par un liséré rouge dont la hauteur n'a rien d'anormal.

M. Dolbeau a mesuré la lèvre et a constaté que les dimensions sont les suivantes :

Hauteur sur la ligne médiane, 3 centimètres ; longueur du bord libre, d'une commissure à l'autre, 7 centimètres ; épaisseur au niveau du bord libre, 25 millimètres ; distance de l'aile du nez à la commissure, 35 millimètres.

En palpant cette lèvre, on reconnaît qu'elle offre partout une consistance uniforme ; aucune saillie, aucune dépression qui puisse faire croire à l'existence de tumeur, de lacunes ou de kystes. Cette consistance est ferme, elle donne au doigt la sensation d'une masse fibreuse. Sur les limites de la lèvre, les tissus reprennent leur souplesse ; la joue est aussi maniable qu'à l'état normal.

Les gencives sont indépendantes ; le sillon alvéolo-labial supérieur a sa profondeur habituelle ; seul, le frein de la lèvre supérieure descend assez bas jour relier la partie moyenne de la ligne médiane avec la demi-hauteur de la surface muqueuse de la lèvre.

Les deux dents incisives sont bien plantées, solides et droites ; la conformation de l'arc dentaire n'a rien qui rappelle une tendance au prognathisme.

La voûte palatine, le voile, les piliers et la langue sont parfaitement conformés.

Quand, spontanément ou pendant le cri, l'enfant fait mouvoir sa bouche, la lèvre supérieure se déplace de toute pièce, comme la lèvre d'un automate. La peau ne devient ni plus rouge que le reste du visage, ni bleue ; la muqueuse ne tend nullement à se renverser. La palpation, dans ces circonstances, accuse une légère augmentation dans la consistance, aucune augmentation dans le volume.

Le doigt sent battre les artères coronaires ; elles semblent être faibles.

La fonction de cette bouche mal formée s'accomplit parfaitement.

La mère rapporte que l'enfant a pris, dès sa naissance, le sein avec une grande facilité. M. Dolbeau lui fait présenter un morceau de viande : l'enfant le saisit, le porte à sa bouche et le mange ; l'acte ne présente de particulier qu'une sorte de grognement, dû, à ce qu'il nous a semblé, au rétrécissement de l'ouverture des narines, au moment où la lèvre se meut d'une seule pièce.

La mère de l'enfant est une femme assez grande, brune et bien portante. Elle a eu, avant l'établissement de ses règles, des maux d'yeux que l'on peut rapporter à la scrofule.

Elle ne se rappelle pas avoir entendu dire qu'aucun membre de sa famille eût eu des malconformations congénitales ni à la face ni ailleurs. Nous avons eu sous les yeux les photographies de ses parents et de ses deux frères : rien sur le visage ne laisse à désirer.

Seule, la mère présente une conformation épaisse de la lèvre supérieure, mais cette épaisseur de lèvre est commune et personne n'y ferait attention si l'on ne songeait que son enfant a, lui aussi, cette difformité.

Cette femme a été quatre fois enceinte.

La première grossesse s'est terminée par une fausse couche au deuxième ou troisième mois.

Les deuxième et troisième grossesses se sont terminées par la naissance de deux garçons, que nous avons vus. Ils ne sont nullement scrofuleux et ont les lèvres plus minces.

La quatrième grossesse a produit notre petit malade. Cette grossesse a été marquée par une hémorrhagie spontanée abondante le cinquième mois, et par le développement d'une vaginite avec végétations vulvaires. Le travail a duré trois jours, la poche des eaux s'étant rompue de bonne heure ; l'extraction de l'enfant s'est faite sans qu'on recourût au forceps.

Le père n'a, ni dans sa personne, ni dans sa famille, rien de congénital à signaler.

Dès le jour de sa naissance, l'enfant présentait la malformation que nous étudions, et la mère, femme fort intelligente, sait bien nous dire que le développement de cette lèvre s'est maintenu toujours en proportion du développement des autres parties de la face, en sorte que la difformité est actuellement la même que le premier jour.

La mère affirme qu'il n'y a jamais eu de poussées inflammatoires, à la suite desquelles la lèvre eût grossi. Le grossissement a donc été graduel et sans soubresauts. Après une visite à Sainte-Eugénie la lèvre s'est, il est vrai, enflée pendant quatre jours; cela a été la seule fois.

En présence de l'uniformité de consistance de la lèvre, M. Dolbeau se refusa à admettre l'existence d'une tumeur vasculaire ou d'un néoplasme. Le développement prématuré des poils, la continuité insensible qui relie les tissus sains à la partie malade, la conservation de la forme normale de la lèvre, malgré l'exagération du volume, lui font croire à une hypertrophie congénitale de tous les éléments de la lèvre.

Le fait du développement naturel des artères coronaires ne lui fait pas craindre une hémorrhagie. Il donne la préférence dans son plan à l'instrument tranchant, qui lui permettra de mieux dessiner la perte de substance qu'il va faire et de mieux limiter qu'avec le cautère électrique ou igné l'action de la chirurgie.

Le samedi 5 mars 1874, il fait l'opération de la manière suivante :

L'enfant, solidement assujetti dans une alèze, est couché sur les genoux d'un aide. Les deux commissures des lèvres sont tendues : la droite par le chirurgien, la gauche par un aide.

D'une commissure à l'autre, suivant une ligne qui représente la séparation du tiers antérieur et des deux tiers postérieurs du bord libre de la lèvre, M. Dolbeau fait une incision profonde qui plonge jusqu'à 2 ou 3 millimètres du niveau de la sous-cloison et libère, par la dissection, toute la portion de la peau qui correspond à la surface de la lèvre supérieure.

Une section transversale, parallèle à la première, est faite en arrière, de manière à serrer de plus près la face muqueuse. Les deux sections se sont faites en donnant à la main de l'opérateur la sensation désagréable d'un tissu qui crie sous le scapel. La rencontre de ces deux incisions a isolé, en dehors et en haut, une sorte de prisme triangulaire dont l'arête supérieure correspond au nez et dont les deux extrémités ont été en s'effilant au voisinage des commissures.

L'ablation de ce prisme diminue notablement la saillie du bord antérieur de la lèvre.

M. Dolbeau excise alors une portion triangulaire de la muqueuse.

La base de ce triangle représente à peu près le tiers médian de la muqueuse labiale ; le sommet répond au frein, qui est excisé avec son insertion normale à la partie médiane de la gencive.

Le second temps de l'opération efface presque compiétem ent la saillie de la lèvre et produit un retour de la sous-cloison à sa longueur normale.

Les deux côtés du triangle de la muqueuse excisée sont réunis par deux points de suture : l'accolement de la partie cutanée à la partie muqueuse excisée et suturée se fait de lui-même, il est simplement assuré par deux autres points avec un mince fil de soie.

L'écoulement sanguin a été insignifiant. Une artériole qui donnait, s'est arrêtée spontanément au moment où on allait la lier. L'opération a été aisée, malgré les cris de l'enfant ; elle n'a pas durée un quart d'heure.

On n'a pas eu recours au chloroforme.

L'enfant est remmené par sa mère.

Le 7 mars, pas de fièvre, appétit convenable, soif modérée, gonflement modéré.

Le 9, gonflement considérable, fièvre légère, soif, diminution de l'appétit.

Le 11, gonflement énorme, aspect érysipélateux de la région ; inflammation de nombreux follicules pileux de la lèvre, qui ressemble à un gros anthrax.

On enlève les points de suture. Cataplasmes. Traitement interne approprié, etc.

Le 13, diminution du gonflement ; suppuration abondante, retour de l'appétit.

A partir de cette époque, le gonflement a été en décroissant.

L'enfant fut amené trois mois après à M. Dolbeau, et les assistants purent constater un acheminement important vers les proportions normales de la lèvre.

La sous-cloison est devenue plus apparente, la lèvre a diminué de hauteur, l'épaisseur est considérablement amoindrie. Les tissus ont repris de la souplesse, les fonctions de l'orifice buccal s'accomplissent parfaitement.

L'enfant, toujours vorace, mange sans proférer le grognement particulier que nous avons signalé.

Tout porte à croire que le développement de la moustache,

quand l'enfant sera devenu homme, couvrira ce qui peut rester de la difformité pour laquelle on vient de l'opérer.

L'examen de la portion prismatique de tissu enlevé à la lèvre supérieure fut fait par M. Grancher, avec le soin et la précision qui sont dans ses habitudes. Nous transcrivons textuellement la note dans laquelle il a pris la peine de consigner les résultats de son observation histologique :

« Le tissu est développé au milieu des groupes musculaires qui entrent dans la constitution de la lèvre.

« Ce tissu est essentiellement formé de faisceaux conjonctifs.

« Ce sont de véritables travées fibreuses qui s'entre-croisent dans tous les sens et dissocient les faisceaux musculaires dont on ne trouve plus que des traces jetées irrégulièrement çà et là. Ces faisceaux, écartés les uns des autres et brisés, ont conservé cependant leur striation dans toute sa netteté, mais leurs groupes divisés ne constituent plus de véritables faisceaux musculaires.

« Il y a tout au plus çà et là de petits fascicules.

« Le *tissu conjonctif*, très-parfaitement organisé, porte des vaisseaux à paroi complète (artères et veines), et des nerfs sur lesquels on ne trouve aucune altération.

« Le point intéressant de la disposition de ce tissu conjonctif, consiste dans l'existence de lacunes ou espaces, les uns petits, d'autres très-volumineux, dont la nature prête à discussion.

« Si l'on considère la disposition étoilée et les bords nets des espaces les plus petits, il est permis d'y reconnaître des capillaires lymphatiques du tissu conjonctif, qui auraient été dilatés par un contenu qui échappe à la coupe.

« Les espaces volumineux étant très-déformés, il est impossible d'affirmer que ce sont bien des lacunes lymphatiques, bien qu'on retrouve tous les intermédiaires entre les grandes lacunes déformées et les petits espaces étoilés, qui sont manifestement lymphatiques.

« Mais une raison pour accepter cette interprétation, c'est que si quelques-unes de ces espaces sont vides (leur contenu ayant été sans doute entraîné par le rasoir), on trouve, dans quelques autres, un contenu composé en partie de cellules lymphatiques, en partie de granulations graisseuses et de blocs plus ou moins réfringents, qui sont peut-être le résultat de transformation sur place des éléments primitivement contenus dans l'espace lymphatique, éléments qui ont subi la dégénération.

« Dans d'autres points, on trouve des groupes de vésicules adipeuses, formant, comme d'ordinaire, des globules au milieu des faisceaux conjonctifs.

» Sur une partie de la tumeur qui contenait un lambeau de la peau du bord libre de la lèvre, il est facile de s'assurer que cette transformation fibreuse, avec espaces lacunaires, commence dans les couches les plus superficielles du derme, pour se propager dans l'épaisseur du tissu.

« Sur cette même coupe, on peut saisir l'évolution du tissu dont les faisceaux se forment aux dépens de cellules embryonnaires disséminées çà et là en groupes irréguliers. On peut même voir, en quelques points, que ces cellules jeunes sont groupées en plus grand nombre autour d'un petit espace étoilé.

« Dans les parties les plus profondes de la coupe, on trouve les groupes des glandes salivaires, qui ne paraissent pas trop hypertrophiées.

« En résumé, nous sommes en présence d'une transformation fibreuse du tissu conjonctif du derme et des muscles, et, dans ce tissu, les vides et lacunes qui tiennent tant de place, sont peut-être des origines lymphatiques déformées et dilatées par la rétention de produits divers.

« Il est juste de reconnaître cependant qu'on peut contester cette opinion et que ces espaces pourraient être artificiellement produits entre les faisceaux conjonctifs, par la destruction sur place des produits de l'inflammation (mars, 1874). »

OBSERVATION III (inédite).

Pinard-Delouteau (Pierre), 45 ans, cultivateur au Breuil, commune de Saint-Georges, île d'Oleron (Charente-Inférieure), vient au commencement du mois d'août 1878 consulter M. le Dr Duplouy pour une tuméfaction énorme de la lèvre inférieure dont il est porteur.

Les renseignements que donne cette homme sont assez précis. Constitution splendide; sauf quelques accès de fièvre intermittente, il n'a jamais eu de maladies antérieures, pas d'éruption herpétique, eczémateuse ou autre, pas de gerçures, en un mot aucune cause d'irritation. *Il ne fume pas.* Aucun membre de sa famille n'a présenté de vice de conformation analogue.

Dès son enfance, sa lèvre était un peu volumineuse, mais il y a quinze ans seulement qu'elle a commencé à grossir, sans autre particularité qu'une sensation de picotement surtout au vent et un peu de sensibilité au froid. Le gonflement augmentait beaucoup plus pendant la saison chaude. Peu à peu la lèvre est arrivée à ses dimensions actuelles.

En somme, cet homme se présente avec une lèvre inférieure en énorme boudin. La face cutanée est dirigée complétement en bas et appliquée sur le menton. La lèvre supérieure est légèrement hypertrophiée à gauche.

A la palpation, la tumeur donne une consistance dure, comme fibreuse, surtout à la face muqueuse qui fait, nous le répétons, une hernie énorme. La tuméfaction est uniforme, sans saillies ni dépressions, la dureté bien limitée à la lèvre, pas de coloration particulière ; cependant la muqueuse offre une teinte très-légèrement violacée, pas d'élévation de température, pas de pulsations. En comprimant la base de la lèvre, la tumeur ne change ni de couleur ni de volume. Le battement des artères coronaires est difficilement appréciable. Le rapprochement des lèvres est difficile et la salive s'écoule de la bouche du malade. Quand il veut exécuter des mouvements, il ne produit que l'élévation, et la lèvre se déplace en bloc.

Le malade, nous le répétons, ne souffre pas. La gêne qu'il éprouve, bien qu'assez grande, ne le déciderait peut-être pas à subir une opération ; mais il est devenu un objet d'horreur pour ses compatriotes et surtout pour les femmes, et il vient demander à l'art un secours contre son infirmité.

Le 9 août, des mouchetures avec le couteau de de Græfe sont pratiquées ; écoulement de sang peu abondant.

Le 11. Nouvelles mouchetures dans les mêmes conditions, à leur suite, diminution notable de la tuméfaction.

Le 17. La diminution ne s'étant pas accentuée davantage, les mouchetures sont remplacées par l'ignipuncture et seize pointes de feu sont appliquées.

La tumeur diminue encore un peu et est réduite d'un quart environ. Mais ce point n'arrive pas à être dépassé, malgré l'application de nouvelles pointes de feu, l'emploi de préparations astringentes et l'usage du collodion destiné à exercer une certaine compression.

Le 8 septembre, le malade devant retourner chez lui quelques jours plus tard et désirant très-vivement une guérison plus complète, M. Duplouy se résout à une opération. S'inspirant de la pratique de M. Dolbeau, il choisit l'instrument tranchant et pratique une opération analogue, donnant comme résultat l'excision d'une sorte de prisme triangulaire à sommet inférieur, à base tournée du côté du bord libre de la lèvre. Hémorrhagie nécessitant quatre ligatures artérielles; d'autres artérioles sont aveuglées par forcipressure. Huit points de suture.

Le 10. Un peu de gonflement inflammatoire, pas de réaction fébrile.

Le 12. La moitié droite de la plaie est réunie par première intention. On enlève trois points de suture. Le lendemain trois autres sont retirés et les deux derniers le 14.

A ce moment la plaie est réduite à une petite perte de substance arrondie qui livre passage aux fils à ligature et suppure très-légèrement.

Au moment où le malade part, le 20 septembre, les fils à ligature sont tombés depuis l'avant-veille et la petite plaie en bonne voie de cicatrisation. La lèvre est réduite des trois quarts environ, résultat qui est considéré comme très-satisfaisant.

L'examen microscopique du tissu enlevé a été fait par M. le Dr X..., alors chef de clinique chirurgicale. Malheureusement la note qu'il avait rédigée s'est égarée, et nous regrettons de ne pouvoir consigner ici le résultat de ses recherches; nous savons seulement que ce résultat ne différait pas sensiblement de celui de M. Grancher.

Notre malade pouvait donc être considéré comme guéri, quand, au mois de juin dernier, M. Duplouy le voit revenir. La lèvre encore un peu volumineuse n'est nullement comparable à ce qu'elle avait été; la cicatrice de la première opération est peu appréciable, en un mot le résultat est demeuré très-satisfaisant. Notre homme en est même si satisfait, qu'il vient demander une nouvelle opération, qui doit, suivant son expression, le rendre tout à fait *joli*

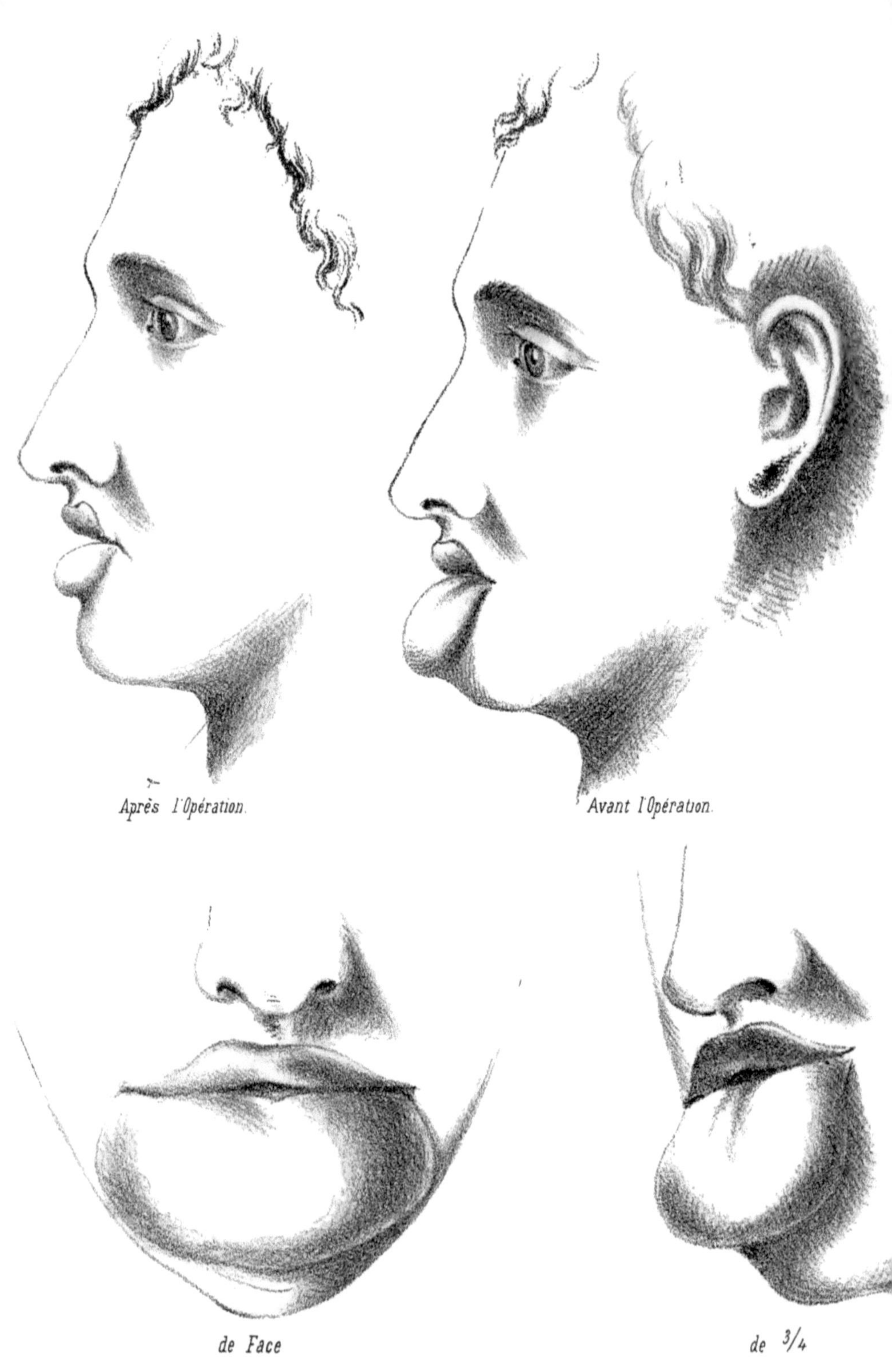

Après l'Opération.
Avant l'Opération.
de Face
de 3/4

garçon. On lui fait à différentes reprises des objections de toute sorte, on lui explique qu'il s'expose bien inutilement aux hasards d'une seconde intervention chirurgicale, il n'écoute rien et insiste avec tant de persistance, la lèvre étant d'ailleurs hypertrophiée, qu'on se décide à pratiquer une nouvelle opération.

Celle-ci est faite le 6 juin ; pas la moindre hémorrhagie, 4 points de suture.

La plaie se ferme très-rapidement ; le 9, on enlève les points de suture, et le 11 le malade part pour l'île d'Oleron.

Nous laissons nous-même Rochefort quelques jours plus tard et nous n'avons pas pu revoir cet opéré. Mais les renseignements que nous avons recueillis et que nous devons à l'obligeance de M. Lotte, docteur à Saint-Georges, nous permettent d'affirmer que la guérison s'est effectué régulièrement. '

Nous joignons à notre observation deux dessins dus au crayon habile de M. Bédart, étudiant en médecine. On pourra, par la simple inspection des figures, se rendre compte de ce qu'était notre sujet avant la première opération (fig. 1) et de ce qu'il est devenu après la seconde (fig. 2).

On le voit, ce cas ne manque pas d'analogie avec celui de M. le professeur Dolbeau. Si on remarque surtout que le malade avait une lèvre déjà volumineuse dès son enfance, on pourra se demander si, chez lui aussi, l'hypertrophie n'était pas congénitale. A quelle cause peut donc être attribué cet accroissement qui, il y a quinze ans, commence à s'accentuer davantage pour arriver, par une marche lente et régulière, à constituer cette difformité si gênante pour le malade et si choquante pour les autres?

Nous allons voir s'il est possible de s'en rendre compte.

DÉFINITION.

L'hypertrophie est l'accroissement excessif d'un organe ou d'une partie d'organe caractérisé par une augmentation de son poids et de son volume sans altération réelle de sa texture intime (Robin).

Appliquant cette définition aux lèvres, voyons quelles sont les causes de cet accroissement excessif.

ÉTIOLOGIE.

Les auteurs pensent que c'est une affection commune; ils font jouer au crétinisme et à la scrofule un rôle important. Sans nier que les crétins et les scrofuleux ou même les tempéraments lymphatiques ont, ainsi que la race nègre, une prédisposition certaine à avoir de grosses lèvres, nous ferons remarquer qu'il y a loin de cette prédisposition particulière à la tuméfaction énorme que présentaient les sujets des deux observations citées.

D'ailleurs ces mêmes auteurs consacrent quelques lignes seulement à cette affection qu'ils disent si commune et aucun d'eux n'en cite une seule observation. Seul, M. Bouisson (de Montpellier) y fait allusion dans son article *Lèvres* du Dictionnaire encyclopédique, quand, après avoir admis la rareté de l'hypertrophie et donné en quelques mots ses principaux caractères, il dit :

« Ces divers caractères étaient portés à un degré excessif chez un souverain d'Allemagne, Léopold II, qui a laissé son nom à une disposition dont il parait le type le plus accentué (*labium Leopoldinum*). »

Cette pénurie de documents peut d'ailleurs sembler bien explicable si l'on considère que ce vice de conformation est parfaitement compatible avec un excellent état de santé. Nous tenions seulement à la signaler.

Une seconde cause, admise par tous, est l'inflammation chronique des lèvres : herpès, impétigo, eczéma ; ou des parties voisines : coryza chronique pour la lèvre supérieure.

Nous signalerons seulement, sans nous y arrêter, une troisième cause d'hypertrophie : l'exercice ou le fonctionnement exagéré des lèvres.

Quelques auteurs pensent qu'il peut y avoir stase veineuse passive même sans irritation. Ce serait alors la transsudation exagérée des sucs nourriciers qui détermine, dans ces cas, le développement exagéré des parties.

Enfin, d'autres fois, toute cause de l'altération échappant, on a invoqué un influx nerveux exagéré qui provoquerait l'excès de développement. Cette explication, toute hypothétique, a cependant quelque chose d'admissible quand on songe que la diminution ou la suspension de l'influx nerveux peut conduire à l'atrophie.

Laquelle de ces causes pouvons-nous invoquer chez le sujet de notre observation? Les trois premières doivent être écartées, l'examen du malade et son affirmation ne laissant aucun doute à cet égard. Restent les deux autres. Nous avouons notre hésitation à admettre la quatrième, c'est-à-dire un influx nerveux exagéré qui, bien que possible, n'en est pas moins hypothétique. Nous nous rattachons donc à la stase sanguine sans irritation et à ses conséqences ; quant à savoir sous quelle influence elle s'est produite, nous sommes dans l'impossibilité de répondre à cette question.

ANATOMIE PATHOLOGIQUE.

Nous n'en parlerons pas, n'ayant aucun fait à ajouter à l'examen si complet fait par M. Grancher.

DIAGNOSTIC.

Arrivons maintenant au point le plus important de ce travail et tâchons d'établir le diagnostic différentiel entre l'hypertrophie des lèvres et les diverses tumeurs que nous avons énumérées précédemment. Nous suivrons le même ordre d'exposition.

Il sera facile de distinguer l'hypertrophie du phlegmon et de l'anthrax. La marehe rapide de ces deux affections, leurs caractères inflammatoires, la douleur vive qu'ils occasionnent, les symptômes généraux qui les accompagnent sont autant de signes qui permettront de se prononcer à coup sûr.

La distinction sera peut-être un peu plus malaisée quand il s'agira des tumeurs proprement dites, et, dans quelques cas, l'hésitation sera permise.

Les adénomes, les fibromes et les sarcomes offrent à peu près les mêmes caractères extérieurs. Ce sont des tumeurs, en général, peu volumineuses, régulières, arrondies le plus souvent, bien limitées et dépourvues d'adhérences. Rien de semblable dans l'hypertrophie, qui, même au début, occupe toute la lèvre, lui donne une consistance dure et uniforme et ne peut pas être limitée.

Les kystes seront reconnus aux signes suivants : outre que leur volume est rarement considérable, ils siégent seulement sur une partie de la lèvre. S'ils sont multiples, la palpation permettra de reconnaître la présence de plusieurs tumeurs juxtaposées. Dans l'hypertrophie, la consistance est uniforme, c'est-à-dire sans saillies ni dépressions.

La tumeur syphilitique ne sera pas prise pour une hypertrophie. Son petit volume, les antécédents du malade éclaireront le praticien.

Les angiomes sont, sans contredit, l'affection qui offrira le plus de difficultés de diagnostic. Dans le cas de M. Dolbeau surtout, on devait se demander comme lui, si on n'était pas en présence d'une tumeur érectile. Dans notre observation, le sexe et l'âge du malade écartaient un peu cette idée sans cependant la faire rejeter complétement. Néanmoins nous croyons qu'après un examen attentif on pourra résoudre cette question.

Les angiomes présentent une coloration bleuâtre; ce sont des tumeurs molles, dépressibles. Sous l'influence des causes capables de gêner la circulation, leur volume s'accroît, leur consistance augmente et leur coloration s'accentue davantage. Dans l'hypertrophie des lèvres, chez les deux malades observés, pas de changement de coloration de la peau ou de la muqueuse ; consistance ferme et uniforme ; la tumeur n'est pas dépressible. De plus, la compression des troncs artériels ou veineux ne modifie en rien sa consistance, sa coloration ou son volume. Enfin, dans des cas très-douteux, n'y aurait-il pas un moyen de s'assurer de la nature de la tumeur? Nous pensons que si, et nous croyons qu'une ponction exploratrice faite avec un trocart très-fin, une seringue de

Pravaz, par exemple, serait sans danger et lèverait tous les doutes.»

La distinction du cancer des lèvres et de l'hypertrophie sera plus facile. Il ne pourrait y avoir de confusion que dans la première période, avant que la période d'ulcération ne fût constituée.

Quelle que soit sa forme primitive, le cancroïde se développe sur un des côtés de la lèvre et siége sur le bord libre à l'union de la muqueuse et de la peau. La tumeur est dure, adhérente par sa base, de couleur grisâtre en général, et présente des bosselures, des éminences, des sillons. L'hypertrophie occupe d'emblée toute l'épaisseur de la lèvre; elle est dure aussi, mais, nous le répétons, d'une consistance uniforme et elle ne présente ni saillies ni dépressions. Dans le cancer, il y a souvent engorgement ganglionnaire, il n'y en avait pas chez notre malade. De plus, le cancer a une marche rapide; c'est, ainsi qu'on l'a dit, un envahissement destructeur. L'hypertrophie se développe très-lentement. L'état général du malade toujours absolument bon, suffirait d'ailleurs pour différencier cette maladie du cancer qui ne tarde pas à amener un état cachectique tout particulier chez ceux qui en sont atteints.

Pour être complet, nous devons parler d'une affection rare dans nos climats, bien connue cependant, l'éléphantiasis des Arabes.

L'éléphantiasis n'a jamais que nous sachions été observé aux lèvres, mais le fait pouvant se présenter nous devons donner ses caractères principaux.

Quelques auteurs regardent l'éléphantiasis comme une inflammation chronique. En effet, dans les pays où cette maladie est endémique (pays tropicaux), il est de

notoriété que l'affection commence par des lésions qui
présentent le caractère de l'érysipèle. Pendant le cours
de ces inflammations, les glandes lymphatiques qui
reçoivent directement la lymphe des parties enflammées
s'engorgent (ganglions cervicaux dans érysipèle de la
face). L'engorgement des ganglions ne rétrograde plus ;
les voies lymphatiques intra-glandulaires restent oblité-
rées et il s'ensuit une stase lymphatique et une rétention
du liquide nutritif qu'il faut regarder comme les causes
de l'hypertrophie éléphantiasique.

D'autres en décrivent deux formes : l'éléphantiasis
inflammatoire et l'éléphantiasis non inflammatoire.

La première est caractérisée par des frissons violents
au début et par les signes et symptômes de l'érysipèle et
des lymphangites.

Dans l'éléphantiasis non inflammatoire pas de frisson,
pas de malaise, pas de fièvre, aucun désordre du côté
des fonctions gastriques, en un mot état général parfait.
Pas de traînées de lymphangites, pas de marbrures, pas
d'éruption ; la seule altération est la tuméfaction.

L'hypertrophie pure et simple ne pourra pas être con-
fondue avec l'éléphantiasis inflammatoire. Mais pourra-
t-on la distinguer de la seconde forme ? Cela nous semble
très-difficile. Peut-être trouverait-on dans l'anatomie
pathologique des deux affections les éléments d'un bon
diagnostic différentiel. Mais en présence d'un malade, au
point de vue clinique, la chose est à peu près impossible.
On comprendra que nous n'affirmions rien, et notre
réserve semblera explicable quand on saura que des
chirurgiens comme MM. Verneuil, Desprès, Terrier, ont
pensé que dans le cas de M. Dolbeau il s'agissait d'une
sorte d'éléphantiasis de la lèvre supérieure.

MARCHE, TERMINAISON.

La marche de l'hypertrophie est lente. Les parties hypertrophiées se développent peu à peu ou par poussées successives et peuvent arriver à un degré énorme. On a observé, pour des organes autres que les lèvres, que souvent l'hypertrophie, après avoir atteint un certain degré, s'arrête spontanément ou bien elle subit la dégénérescence graisseuse ou fibreuse, et suit une involution régressive de manière à se terminer par l'atrophie.

PRONOSTIC.

Peu sérieux. C'est plutôt une infirmité choquante qu'une maladie, et ses inconvénients sont de gêner la parole, de laisser échapper la salive et de ne pas servir convenablement à la clôture de la bouche.

TRAITEMENT.

En présence d'une hypertrophie des lèvres bien constatée, quelle sera la conduite à tenir?

Le traitement interne, à moins qu'il ne s'agisse de sujets scrofuleux ou lymphatiques, ce qui n'est pas notre cas, sera complétement impuissant. Nous n'avons pas plus de confiance dans l'application sur les lèvres de liquides astringents ou résolutifs.

Le traitement chirurgical est le seul convenable. On

pourra, dès le début, car rien ne presse, employer, comme notre maître M. Duplouy, les mouchetures avec le couteau de Græfe ou l'ignipuncture, qui, chez notre sujet, avaient amené une diminution appréciable de la tuméfaction.

Enfin quand ces moyens préliminaires auront échoué, quand l'hypertrophie sera très-prononcée et véritablement difforme, on pourra sans hésiter recourir á une opération.

Trois procédés ont été employés jusqu'ici :

1° Celui de Pétrequin, qui' consiste dans l'incision verticale de toute l'épaisseur de la lèvre, l'ablation sur chaque moitié latérale d'un lambeau en forme de pyramide triangulaire, la suture des bords antérieurs et postérieurs de la plaie produite par l'ablation, et enfin la suture entortillée de la plaie médiane initiale.

2° Le procédé de Paillard, consistant dans la résection, après incision transversale prolongée jusqu'au frein, d'une partie de l'épaisseur de la lèvre y compris la portion muqueuse.

3° Enfin le procédé de Dolbeau, répété par M. Duplouy et consistant comme nous l'avons vu plus haut, dans le décollement de la lèvre, la séparation de la peau et de la muqueuse du produit pathologique qui n'avait pas de limites précises, l'ablation de ce produit et la suture de la muqueuse et du bord libre.

Cette dernière opération nous paraît préférable. Celle de Pétrequin est compliquée comme manuel opératoire ; elle expose davantage aux hémorrhagies et laisse, après guérison, une cicatrice apparente.

Le procédé de Paillard, très-simple comme manuel opératoire, n'est pas sans inconvénients, car, dit

M. Felizet, la rétraction cicatricielle de la large surface saignante qui, croyons–nous, tient la place de la muqueuse excisée, peut dépasser le but que vise l'opérateur et remédier à une saillie de la lèvre en dehors par un enroulement de l'organe en dedans.

L'opération de M. Dolbeau, un peu plus longue sans doute, mais néanmoins assez peu compliquée, n'a ni les inconvénients de celle de Pétrequin, ni surtout de celle de Paillard, et dans les deux circonstances où elle a été pratiquée, elle a donné des résultats parfaits.

CONCLUSIONS

En résumé : l'hypertrophie des lèvres est une affection rare ; ses causes sont peu connues ; son diagnostic est le plus souvent possible et même assez facile, et le seul traitement efficace est l'opération avec l'instrument tranchant.

INDEX BIBLIOGRAPHIQUE

Broca. — Traité des tumeurs.

Billroth. — Pathologie chirurgicale générale. — Traduction française.

Brognère. — Thèse de Paris, 1875.

Burin. — Thèse de Montpellier, 1836.

Compendium de chirurgie.

Dictionnaire de médecine et de chirurgie pratiques.

Dictionnaire encyclopédique des sciences médicales.

Dolbeau et Félizet. — Bulletin de thérapeutique, 30 novembre 1874.

Follin et Duplay. — Pathologie chirurgicale.

Heurtaux. — Thèse de Paris, 1860.

Littré et Robin. — Dictionnaire de médecine.

Lortet. — Thèse de Paris, 1861.

Nélaton. — Pathologie chirurgicale.

Paillard. — Journal des Progrès, 1827.

Rindfleisch. — Traité d'anatomie pathologique. — Traduction française.

Sappey. — Anatomie descriptive.

Verneuil. — Gazette hebdomadaire.

Virchow. — Pathologie des tumeurs. — Traduction française.

Vulpian. — Gazette médicale de Paris, 1857.

Anatomie et histologie normales. — Structure et développement des os.

Physiologie. — Du sperme.

Physique. — Des leviers appliqués à la mécanique animale.

Chimie. — De l'isomérie, de l'isomorphisme et du polymorphisme.

Histoire naturelle. — Etude comparée du sang, du lait, de l'urine et de la bile dans la série animale ; procédés suivis pour analyser ces liquides.

Pathologie externe. — Anatomie pathologique des anévrysmes.

Pathologie interne. — Des complications de la rougeole.

Pathologie générale. — Des constitutions médicales.

Anatomie pathologique. — Des kystes.

Médecine opératoire. — Des différents procédés de réduction des luxations de l'épaule.

Pharmacologie. — Quelle est la composition des sucs végétaux? Quels sont les procédés le plus souvent employés pour les extraire, les clarifier, les conserver? Qu'entend-on par sucs extractifs, acides sucrés, huileux, résineux et laiteux? Quelles sont les formes dans lesquelles on les emploie en médecine?

Thérapeutique. — Des sources principales auxquelles se puisent les indications thérapeutiques.

Hygiène. — Du tempérament.

Médecine légale. — Exposer les différents modes d'extraction et de séparation des matières organiques pour la recherche des poisons.

Accouchements. — Du bassin à l'état osseux.

Vu : Le président de la thèse,
GUYON.

Permis d'imprimer :
Le Vice-Recteur de l'Académie de Paris
GREARD.